ÖĞRETMENİN SİHİRLİ ŞAPKASI

AYTÜL AKAL

Resimleyen: Mustafa Delioğlu

uçanbalık

 • Cumhuriyet Bulvarı No: 302/104 35220 Alsancak - İZMİR

Yazar: Aytül Akal
Resimleyen: Mustafa Delioğlu

Yayın Yönetmeni: İlke Aykanat Çam
Dizgi - Grafik: Tudem
Baskı: Ertem Matbaa • 0 312 284 18 14

Birinci Basım: Ağustos 2002 (2000 adet)
İkinci Basım: Mayıs 2010 (2000 adet)

ISBN: 978 - 975 - 587 - 055 - 7

www.ucanbalik.com.tr

ÖĞRETMENİN SİHİRLİ ŞAPKASI

AYTÜL AKAL

Resimleyen: Mustafa Delioğlu

SİHİRLİ KAPI – 3

Çocuklar sınıfa girdiklerinde, şaşkınlıkla bakakaldılar. İçerde onları bekleyen biri vardı ve bu, onların öğretmeni değildi. Kimdi acaba?

Şapkalı yabancı, "Merhaba!" dedi gülümseyerek. "Ben yeni öğretmeninizim."

Çocuklar, yabancıya kızgın kızgın baktılar. "Biz yeni öğretmen istemiyoruz. Kendi öğretenimizi istiyoruz," diye bağırdılar hep bir ağızdan.

"Yoksa unuttunuz mu? diye gülümsedi öğretmen. "Öğretmeninizin bebeği olacak. Sizlerle vedalaşmıştı ya..."

Öğrencilerin yüzü asıldı. Kimileri burnunu çekti, kimileri gözlerini kırpıştırdı. Ağlayanlar, şaşıranlar, kızanlar, bağıranlar da vardı.

Belki yeterince gürültü yaparlarsa, şapkalı yabancı kızıp giderdi. Kendi öğretmenleri de doğum yapmaktan vazgeçip geri gelir, yine onların öğretmeni olurdu.

"Bu dönem çok ilginç şeyler öğreneceğiz," dedi yeni öğretmen. "Ders yaparken çok eğleneceğiz..."

Çocuklar yüzlerini iyice buruşturup daha çok somurttular. Ağlayanlar, seslerini yükselttiler.

"Dersler hiç eğlenceli değildir," dedi biri.

"Üstelik çok da sıkıcı..." diye söylendi kıvırcık saçlısı.

Bu yeni öğretmen de hiçbir şey bilmiyordu galiba...

"Dersler sıkıcı olur mu hiç!" dedi yeni öğretmen. "Ülkeleri gezecek, yeni insanlar tanıyacağız... Denizlerde, dağlarda dolaşacağız. Bir sonbahar yaprağının üzerinde gökyüzüne süzüleceğiz. Kim bilir, belki yıldızlara da gideriz..."

Ağlayanlar sustu. Öğrenciler somurtmayı unutup inanmaz gözlerle yeni öğretmene baktılar. Bu yeni öğretmen gerçekten de hiçbir şey bilmiyordu demek...

"Başka ülkelere gitmek için pasaport gerek. Benim pasaportum yok," dedi biri ters ters.

"Hem ağaç yaprağıyla uçulmaz," dedi arkalarından kızgın bir ses.

"Uçağa binmek gerekir."

"Yıldızlara ulaşmak mı? En yakın yıldızın kaç ışık yılı olduğunu biliyor musunuz siz? Yıldızlara ulaşmak için bir insan ömrü yetmez," diye açıkladı biri bilgiç bilgiç.

"Öf, üstelik çok aptalca..."
diye dudak büktü kıvırcık saçlısı.

Yeni öğretmen gülümsedi. Uzanıp şapkasını eline aldı. “Siz bu şapkanın sihirli olduğunu biliyor muydunuz?

“Şapkalar sihirli olmaz!” diye kaşlarını çattı kıvırcık saçlısı.

Yeni öğretmen yine güldü. “Hmm... Siz hayal gücünün büyüsünü unutmuşsunuz anlaşılan,” dedi. “Deneyelim mi?”

"Bugün konumuz, hayvanlar. Ormanda bir geziye çıkmaya ne dersiniz?"

Yeni öğretmen şapkasını başına taktı ve...

Çocuklar, şaşkın şaşkın yeni öğretmene baktılar. Sınıfta neler oluyordu böyle?

“Haydi, artık geç kalmadan dönelim,” diye uyardı yeni öğretmen. “Ders saati bitmek üzere.”

“Neyse zil çalmadan yetiştik! Yarın derse erken gelin, yoksa sınıfta kimseyi bulamazsınız,” diyerek öğrencilere göz kırptı.

Ertesi sabah çocuklar sınıfa koşarak girdiler. Yeni öğretmenleri masanın kenarına dayanmış, onları bekliyordu.

"Günaydın çocuklar!"

"Yine ormana mı gideceğiz?"

Yeni öğretmen gülerek yanıtladı: "Bugün konumuz sanat eserleri. Müzeye gideceğiz. Müzenin nasıl bir yer olduğunu bilen var mı?"

"Evet, müzeler eski eşyalarla doludur," dedi biri.

"Çok çok eski eşyalar..." dedi bir başkası.

"Bütün eski eşyalar küf kokar," dedi arkalarından bir ses. O bunu çok iyi biliyordu, çünkü ninesinin eski eşyalarla dolu sandığı öyle kokardı.

"Hem hepsi de ya kırıktır, ya çatlak! Dokununca hemen kırılırlar." Bunu söyleyen, evde top oynarken kırdığı antika vazoyu hatırlamıştı.

"Müzeler çok karanlıktır; çok da korkunçtur..." dedi kıvırcık saçlısı, gizemli bir ses tonuyla.

Yeni öğretmen, "Anlaşılan siz hiç müzeye gitmemişsiniz!" diyerek şapkasına uzandı...

Çocuklar, “Hayır hayır!” diye korkuyla bağrıştılar.

"Haydi çocuklar, dönüyoruz. Gecikmeyelim."

Ertesi sabah yeni öğretmen sınıfa girdiğinde çok şaşırdı. Öğrenciler çoktan gelmiş, yerlerine oturmuşlardı bile!

"Sizi bekliyorduk!" diye bağrıştılar heyecanla. "Bugün dersimiz matematik! Nereye gideceğiz?"

"Kümeler... Toplama, çıkarma... Hmm... Bugün ritmik saymaları da öğreneceğiz, dedi yeni öğretmen.

"Matematik çok zor!" diye yakındı kıvırcık saçlısı. "Hiçbir işe yaramaz..."

"İki... Dört... Altı... Sekiz..."

"Bir... İki... Üç... Dört..."

"Üç... Altı... Dokuz... On iki...

"Giderken torbalarınızı yanınıza alabilirsiniz... Ama unutmayın, yanlış sayanlar baştan başlamak zorunda!" diye hatırlattı yeni öğretmen.

"Müzik dersinde öğreneceğimiz çok şey var çocuklar," dedi
yeni öğretmen. "Müzik araçları, sesler, ritim ve ölçü, danslar..."

"Dostça oynamayı ve kardeşçe yarışmayı unutmayın çocuklar," dedi yeni öğretmen. "Sporun anlamı, ille de kazanmak değildir!"

Yeni öğretmen o sabah sınıfa girdiğinde nedense çok neşeliydi. "Çocuklar, bugün konumuz, sağlık," dedi. "Önce çiçekçiye uğrayacağız, sonra..."

"Sonra... Ne?" diye bağrıştı çocuklar hep bir ağızdan.

"Sonrası sürpriz..." dedi yeni öğretmen. Başka bir şey söylemedi. Yalnızca şapkasını eline aldı...

"Yeni öğretmeninize alıştınız mı?" diye sordu eski öğretmen.
"Evet!" dedi çocuklar hep bir ağızdan.
"Şapkası da pek ilginç!" dedi kıvırcık saçlısı...

Yeni öğretmen, "Haydi çocuklar, derse geç kalmayalım!" diye uyardı.

"Yaşasın!" diye bağrıştı çocuklar. "Ders zamanı geldi!"

"Bugün ne öğreneceğiz öğretmenim?" diye merakla sordu kıvırcık saçlısı.